BOUTADE

DEUX PROCESSIONS

QUI SE RENCONTRENT.

BORDEAUX

CHEZ CODERC, DEGRÉTEAU ET POUJOL

(Maison LAFARGUE)

Rue du Pas Saint-Georges, 28.

1869.

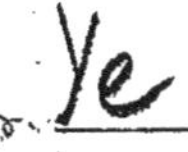

BOUTADE

SUR

DEUX PROCESSIONS

QUI SE RENCONTRENT

BORDEAUX

CHEZ CODERC, DEGRÉTEAU ET POUJOL

(MAISON LAFARGUE)

Rue du Pas Saint-Georges, 28.

—

1868.

HISTORIQUE

Dans le canton de Blanquefort, près Bordeaux, le Taillan,
paroisse limitrophe, parcourt, en sa procession du Mercredi
des Rogations, un chemin incliné qui sert de limite commune
à ces deux localités : chemin que parcourt également, le même
jour, mais en sens inverse, la procession de Blanquefort. Cette
dernière monte et la première descend. Rarement ces deux
processions se rencontrent.

Il est d'usage, dans ces contrées, de dresser dans chaque
village, une table en forme d'autel, pour l'ornement de laquelle
on voit mêlés aux objets et tableaux religieux, des sujets peu
propres à élever l'âme. Pourvu que la gravure soit encadrée,
n'importe le sujet, elle est trouvée digne des honneurs de
l'exposition. J'ai vu, un certain jour, d'un côté de l'autel, les
amours de Télémaque, de l'autre, l'enlèvement d'une fille.

Sur l'autel, on place comme offrande que l'on destine au
prêtre qui fait la Station, les prémices de la saison, tels que
pois-verts, asperges, artichauts, fraises, etc.

Au bas du chemin, village du Taillan, au sommet, village
de Blanquefort, les habitants se font un honneur de préparer
double offrande, puisque le curé de chaque paroisse doit
donner à chaque autel sa bénédiction. Mais on a soin de cacher
aux yeux du premier qui se présente l'offrande que l'on
réserve à celui qu'on attend. Il est arrivé une seule fois, dans
l'espace de vingt ans, qu'en même temps que le curé de
Blanquefort donnait la bénédiction à la station du Taillan,
le curé du Taillan la donnait au village de Blanquèfort. Et
chaque pasteur recevait, dans le village qui n'était pas le sien,
le présent des mains des paroissiens de son confrère. C'est ce
qui a suggéré l'idée de cette pièce de vers, dont tous les
détails, à part cette réalité, sont de pure invention.

BOUTADE

SUR DEUX

PROCESSIONS QUI SE RENCONTRENT

(BLANQUEFORT ET LE TAILLAN)

Nota. — Cette pièce n'est point destinée au public ; elle n'a été imprimée que d'après les instances réitérées de quelques amis. L'auteur, en leur en faisant hommage, compte sur leur indulgence, leur discrétion et surtout leur charité.

Un jour, le Mercredi, temps des *Rogations*,
Blanquefort, le Taillan, en leurs processions,
Se croisent en chemin : l'un descend, l'autre monte.
Aux deux extrémités, chaque village compte
Sur une station.... Des présents sont offerts....
Sur cette vérité voici la fable en vers.
Vers surannés, dit-on.... O jeunes Romantiques !
S'ils n'ont pas vos hochets, ils ont les mœurs antiques
De Racine et Boileau. Jamais notre Apollon,
Quoique dieu détrôné, ne demande pardon.

Blanquefort, le Taillan, paroisses limitrophes,
Parcourent, en chantant mêmes versets et strophés,
Un chemin incliné qui limite les lieux ;
C'est aux Rogations. L'accent religieux,
Lancé des deux côtés de loin se fait entendre ;
On dirait un écho qui s'amuse à reprendre
Le mot de plus en plus distinct en s'approchant,
Et dont le diapason ne règle pas le chant.
De part et d'autre on va vers la route commune,
Où les Processions, de deux n'en feront qu'une ;
Ou plutôt, se croisant, vont diriger leurs pas,
L'une vers le sommet et l'autre vers le bas.
Le chemin, s'inclinant entre chaque limite,
Doit avoir, en ce jour, de deux mains l'eau bénite.
Chaque paroisse veut en son noble transport,
En bas pour le Taillan, en haut pour Blanquefort,
A son propre Pasteur, présenter son offrande.
De tous les droits anciens, c'est la seule prébende,
Que librement on paie, en cette occasion,
Au Prêtre qui veut bien faire la Station.

Quatre rustiques pieux se dressent en colonne
Pour simuler un temple. On place une Madone
Entre le Juif-errant, le Grand Napoléon,
De Pyrame et Thisbé, voisins de Cendrillon,
Et Paul et Virginie, encadrés dans leur fable.
Au centre, pour autel, on rassure une table

Par des cailloux, cachés sous la blancheur du lin,
Et quatre chauffe-pieds en forment le gradin.
La feuille de laurier, qui s'espace en étoile,
Diversifie à l'œil, la monotone toile.
Puis à l'orner de fleurs chaque main se complaît.
On les voit s'étouffer dans un grand pot au lait,
Une topette, un *pot de moutarde de Maille ;*
Tout vase est bon, n'importe ou la forme ou la taille.
La guirlande de buis, qui retombe en festons,
Termine le travail ; on expose les dons.

Ce sont les premiers fruits que la saison nouvelle
Laisse tomber sur nous de sa main maternelle :
Des fraises, des pois-verts, sur des paniers jumeaux,
Font cortége à l'asperge, aux jeunes artichauts.
Si, dans ses draps d'hiver, la saison paresseuse,
Trop lente à se lever, trop tard est fructueuse,
Qu'elle livre ces cœurs à des vœux impuissants,
Ces cœurs dans leur élan trouveront des présents :
On verra, sur l'autel, escortant des oranges,
Des squelettes vivants se ranger en phalanges,
Figues et raisins secs, amandes et pruneaux
Remplacer amplement les tardifs végétaux.

Du côté du Taillan, au bas de la montée,
Ma clochette se tait, ma croix s'est arrêtée.
On veut de Blanquefort la bénédiction....
Douze oranges, à voir leur vive expression,

Stimulaient tout mon zèle... Et gravement j'entonne
Le *Benedicat vos* pour la main qui les donne,
Pour ceux qui sont ici, pour ceux qui n'y sont pas...
Puisqu'on est généreux, ne soyons pas ingrat...
En ce sublime instant, hélas ! je le confesse,
Malgré tous mes combats, mes yeux tombaient, sans cesse,
Sur ces fruits tentateurs, qu'un Génie infernal
Met toujours comme appât, pour nous conduire au mal...
Pour prix de mes labeurs, sans qu'on me le commande,
Je mets pieusement mes deux mains sur l'offrande.
Ah ! n'exposez jamais quel qu'il soit en vertu,
L'homme à de tels dangers ; car fût-il revêtu
De tout ce qu'un mortel peut avoir d'héroïsme,
Dans son langage en *Droit*, craignez un solécisme.
Le Taillan les gardait pour son propre Pasteur.
Je lisais sur les fronts ma criminelle erreur ;
Je feignis ne rien voir et je fis table rase.

Mais le chant, qui descend du sommet à la base,
M'avertit que là-haut, mon confrère voisin,
Sur le bien qui m'attend, peut commettre un larcin ;
Car c'était mon village, et l'offrande annuelle
Pour moi seul sur la table arrivait ponctuelle.
Des fraises et des œufs en faisaient tous les frais.
En largesses pour moi pardonnons cet excès,
C'est le seul que commet mon peuple qui raisonne,
Il veut être béni, recevoir quand il donne.

Je me hâte, j'ordonne..., et le cortége part ;
Oui , je veux prévenir les malheurs d'un retard....
On a rompu les rangs , et la foule empressée ,
En termes peu chrétiens , traduisait ma pensée ,
Car on a tout compris ; et me montrant le poing ,
Chiraque , mon bedeau , dit qu'il mettra l'appoint
Au jeu qui se prépare , et qu'au besoin sa lance,
Quoiqu'à regret, pourtant , aurait son influence.
Il était irrité, je craignais son ardeur.
Deux filles , dans le temps abjurant la pudeur ,
Avaient dans ses sabots déposé.... Comment dire
Ce que le bon francais ne permet pas d'écrire ?
Il m'avait dit jadis : « A la prière un soir,
» Je crus l'ordre troublé ; j'étais loin , j'allais voir ;
» Je quitte ma chaussure ; en tapinois j'avance,
» Le silence se fait. Mais pendant mon absence ,
» Deux filles , qu'on connaît pour leurs INORMITÉS ,
» Font servir mes sabots à leurs iniquités ;
» J'arrive... Ciel !! En rire aussitôt on éclate :
» Je prends un bain de pieds , qu'ignorait Hippocrate ![1] »
L'honneur était atteint ; il voulait le venger ;
Ce noble sentiment augmentait le danger.
Confondant , à dessein , mes rivaux , ses rivales ,
Il peut de faits sanglants surcharger les annales.

[1] *Historique.*

Mais sur l'azur des cieux déjà deux étendards,

La croix et la bannière ont frappé nos regards.

Des fraises , avec art, en pointes parallèles,

Sortaient d'un panier long comme deux tours jumelles ;

Sur un front éprouvé , jamais ne chancelant ;

Elles narguaient du haut de ce trône ambulant,

Et chantres et Pasteur , porte-croix , porte-pique,

Et de tous mes élus la sainte république.

Le Taillan , sur ses biens n'était pas rassuré ;

Il savait que Donat lui tenait préparé[1]

Son présent annuel... : je pouvais par mégarde,

Prendre un lot que pour lui dans son village on garde.

Il m'avait bien jugé , me toisant sur son cœur,

Une mauvaise foi se complaît dans l'erreur...

Cessons, car le public gloserait sur ce thème...

Il avançait le pas pour me rendre à moi-même ,

Et tout s'accommodait, sans un mal-entendu :

Le bien qu'on possédait, compensait le perdu...

Chiraque gâta tout. Sous la blanche coiffure

D'une fille innocente, il croit voir la figure

D'une de ces guenons qui pèsent sur son cœur;

Il lui lance un regard, l'atteint d'un mot vengeur...

Mot repris , renvoyé , repris sans réticence...

Quelques témoins ont dit qu'il fit parler sa lance.

[1] Donat , paroissien du Taillan , au bas du chemin.

Un bras, comme un maillet, en actes lui répond ;
Il recule, il arrive et nous montre son front...
Il portait sur ses yeux, sur son nez, le salaire
Dont dût se contenter son zèle téméraire.

Dès-lors chaque parti, sans perdre ce qu'il tient,
Veut saisir ce qu'il perd qu'il dit être son bien.
Cette observation a gagné le plus sage...
Rasade, le ténor, qui voit gronder l'orage [1],
Craint que son bras vainqueur ne soit trop meurtrier,
Recule, et du *Cantus* se fait un bouclier [2].
Mugay, la basse, croit qu'en ses veines travaille
Son sang, car la valeur a devancé la taille [3] :
(Alexandre-le-Grand, Napoléon premier,
Quoique petits de corps, avaient un cœur guerrier).
Du geste et de la voix commandant le silence :
« Voyez, dit-il, voyez notre bedeau.... Vengeance !...
Que l'on sache aujourd'hui que je compte pour un,
Et qu'un tombeau là-haut est leur tombeau commun.
Ainsi qu'au Mont Nébo mourut jadis Moïse,
Ils mourront en voyant notre terre promise... »
Il dit, s'élance, court armé du goupillon [4].
En tête des béguins, rangés en bataillon,

[1] Rasade, chantre pour la haute, un peu peureux.
[2] *Cantus*, livre de chant.
[3] Mugay, chantre, petit, mais plein de résolution.
[4] Goupillon ou aspersoir pour jeter l'eau bénite.

Troupes de femmes, oui ; mais de femmes françaises :
« Allons , dit-il , planter l'aspersoir sur les fraises » :
Trésor que le Taillan croit perdre s'il le perd ,
Ou sa tour Malakoff ou son Mamelon-Vert [1].

L'ennemi se méfie… ; il a mis dans les centres
Les fraises à l'abri des coups de tous les chantres.
Pour user tout moyen contre cet Annibal [2],
Des œufs qu'il nous a pris , a fait un arsenal.
Le signal est donné ; l'attaque était prévue….
Les regards sont fixés sur Mugay , sa massue,
(Son goupillon s'entend), car on voit ses exploits.
Un des coups bien frappés , fut pour le porte-croix ;
Mais sur son dos s'abat un manche de bannière.
Il riposte , pourtant fait deux pas en arrière ;
A mes enfants de chœur , fait appel de la main ;
Mais ceux des ennemis leur barrent le chemin…
Se battre , quelle aubaine !! Acharnés , ces pupilles
Harcellent l'ennemi de leurs *gardes-mobiles* [3].
Tel qu'on voit dans les champs du brûlant Sénégal ,
En troupe , cet oiseau qu'on nomme cardinal ,
S'abattre , et sur les fruits exercer ses rapines ,
Tel on voit ces enfants , aux robes purpurines ,

---

[1] Malakoff , Mamelon-Vert , deux forts de Sébastopol, en Crimée.
[2] Annibal , fameux général de Carthage.
[3] Lors de la révolution de 1848, les gamins de Paris , enrôlés sous
le nom de *Gardes mobiles* , firent grand mal à la troupe de ligne.

S'élancer l'un sur l'autre, et des dents et du pied,
Faire perdre ou laisser de l'habit la moitié.
Le blanc de l'aube a pris les couleurs de la fange,
Ou, de ce qui lui reste, on ne voit que la frange ;
La soutane réduite en spencer, ces *Lucas*[1]
Laissent voir *les trahir l'étui des pays bas* ;
La houpe a disparu du bonnet sans visière ;
Qu'importe ! il est pour eux le képi militaire,
Au pugilat formés, il faut voir ces héros
Avancer, reculer, et frapper à propos ;
Les ongles, qui jamais n'ont connu de culture,
S'enfoncent dans les chairs, labourent la figure ;
De leurs brillants exploits ils montrent pour témoins
Des flocons de cheveux, portés au bout des poings ;
Les femmes, dans la langue et française et gasconne,
Ont leur arme : pourvu qu'elle écorche, elle est bonne.
Que n'ai-je recueilli ces riches quolibets
Que leur bouche lançait comme autant de boulets !
Que d'images ! quels mots inédits que j'oublie !
J'en demande pardon à notre Académie.

Mais que vois-je, grand Dieu ! frappant de toute part
Nos guerriers, nos enfants, l'escadron babillard !

---

[1] *Lucas*, enfant de chœur ; le héros de Gresset, dans son *Lutrin vivant*. C'est en ces termes que l'auteur parle du piteux état de la culotte de l'enfant.

Non , jamais, on n'a vu semblables projectiles
Dans la langue des camps , dans le siége des villes.
Un héros, de nos jours, pour mieux nous défier,
Devant Sébastopol a su sacrifier
En mer quelques vaisseaux , pour sauver sa patrie...
Il fallait , pour le tout livrer une partie [1].
Ainsi fait le Taillan. Les œufs sur nous conquis,
Comme instruments de mort, sont contre nous requis.
Qui peut dire avoir vu , dans nos champs, le ravage
Qu'exercent les grêlons, en un gros temps d'orage,
Quand les arbres , les fruits sont atteints de leurs coups ,
Comparable aux dégâts que ces œufs font sur nous ?
Quand la balle , en frappant sur nous s'est écrasée,
C'est un je ne sais quoi qui salit la pensée.
Les coiffes , en dressant leur casque avec orgueil,
Pour elles-mêmes sont, comme but , un écueil.
Aussi la bombe frappe et vomit ses entrailles
Sur ces tours d'organdi, sur ces larges murailles.
La charpente s'abat , et des œufs le jouet,
Semble avoir revêtu la forme d'un bonnet ,
Qui veut orner les fronts de la frange qu'il jette,
Et conduire au menton ses rubans de toilette.

[1] Au siége de Sébastopol, en Crimée, le général russe fit couler
bas quelques-uns de ses bâtiments pour barrer à nos vaisseaux l'en-
trée de la place du côté de la mer.

Mais parfois sous l'enduit les traits ont disparu...

Sans pitié, sans pudeur, ô Dieu! qui l'aurait cru?

Oui, l'on rit aux éclats en voyant ces figures,

Couvertes cependant d'honorables blessures.

Cette insulte est pour nous un coup bien plus sanglant,

Que le coup qui trancha les jours du fier Rolland!

Eh! comment reculer sans abjurer la gloire?

On rira donc, un jour, de notre propre histoire!

Dans un *œuf à la coque* on verra notre sort?

Un œuf aura fait fuir un peuple *Blanc-et-fort;*

Nous serons bafoués, lorsqu'à la table mise,

L'oseille montrera quelques *œufs en chemise;*

Sur la plate *omelette* ou sur des *œufs brouillés* [1],

Dieu sait par qui, comment nous serons habillés!

Trop heureux! si jamais le public ne s'amuse

Aux dépens de ces faits, traduits par quelque Muse.

Oui, certains avortons de Gresset, de Boileau

Peuvent nous travestir, sous le même pinceau.

Un *Lutrin* fut la gloire et de l'un et de l'autre [2],

Pour égayer l'histoire on écrira la nôtre.

Cependant indécis, le combat se soutient...

Mais soudain dans nos rangs, une voix me prévient

[1] Les mots soulignés indiquent que c'est autant de manières d'assaisonner les œufs.

[2] Le *Lutrin* de Boileau, et *Le Lutrin vivant* de Gresset.

Que , par un coup de main , mes oranges surprises ,
Au profit du Taillan , allaient être conquises ;
Qu'un subtil étranger s'est glissé , sans éclat ,
Parmi nous, peu jaloux de l'honneur du soldat ;
Car , sans craindre le titre et de lâche et d'infâme ,
Il luttait , corps à corps , contre une simple femme ;
Mais il avait trouvé dans la femme un héros...
Marcolette , du poing et des pieds dans le dos [1] ;
Prouvait un fait connu , pour nous un axiome ,
Que près d'un mets friand, la femme est plus qu'un homme,
Dans un panier couvert, le dépôt enfermé ,
Avait armé le bras du rustique affamé ;
Son poignet vigoureux , tenait dans ses étreintes
La femme dont les dents laissaient bien des empreintes.
C'est ainsi que souvent , contre certains matous ,
Une mère en fureur, sans voir si c'est l'époux ,
Par ses cris , son regard d'où jaillit la lumière ,
Préserve ses petits de la dent meurtrière.

Bourre avait l'œil à tout... Bourre, ce sacristain ,
Qui pense , agit par cœur, est toujours sous ma main ,
Opposait devant moi debout, sa corpulence
Aux coups qui lui donnaient, Dieu sait quelle nuance ;
Car le ciel l'a doué d'une telle épaisseur ,
Qu'il ferait rebondir un boulet agresseur.

1 Marcolette, une des femmes qui recueillent les offrandes.

Aux temps qu'on ignorait la voix de ce tonnerre

Qu'on appelle canon, les machines de guerre

Venaient perdre leurs coups, contre une œuvre de l'art,

Contre des matelas, qui couvraient le rempart.

On voit tout Bourre, ici, soit force, soit lumière.

On sait qu'il joint, parfois, l'esprit à la matière.

Que dire de son cœur? Qu'on l'éprouve, on verra,

Que pourvu qu'il s'y sauve, à la peine il mourra...

Bourre a vu Marcolette, entendu sa prière...

Il arrive; déjà roule dans la poussière

L'inconnu, qui pourtant, se relève et s'enfuit;

Il comptait sur la gloire, et l'opprobre le suit.

Que faisaient les Pasteurs? Ils disaient leur Bréviaire;

Ils demandaient, pour grâce, en leur humble prière,

De rester résignés, pourvu que de leur bien,

(Bien du Bon Dieu, s'entend), ils ne perdissent rien;

Que pour eux on se batte, on se tue, on s'enterre,

Puisqu'on ne peut avoir la paix que par la guerre :

Mais si le sort menace un instant le butin,

La paix, la paix cent fois, sur un bon parchemin.

Il faut abandonner à l'ennemi sa proie,

Et content de son lot, s'embrasser avec joie.

Ainsi l'ont décidé les Pasteurs réunis;

Par cet arrêt du ciel les débats sont finis.

On reprend son chemin. Les deux cloches en tête,

D'un bruyant carrillon, célèbrent double fête.

¹ Chaque procession avait deux clochettes en tête.

BORDEAUX. — IMP. DE F. DEGRÉTEAU ET Cie
Rue du Pas Saint-Georges, 28.

www.ingramcontent.com/pod-product-compliance
Ingram Content Group UK Ltd.
Pitfield, Milton Keynes, MK11 3LW, UK
UKHW021053120726
13693UKWH00006B/2608